SOUVENIRS

DU

MOIS DE MARIE

A SAINT-GERMAIN-DES-PRÉS.

POÉSIE.

— 1853 —

SOUVENIRS

DU

MOIS DE MARIE

A SAINT-GERMAIN-DES-PRÈS.

POÉSIE.

— 1853 —

SAINT-GERMAIN-DES-PRÉS.

Le dimanche soir.

—

De Saint-Germain-des-Prés j'aime l'église austère,
Où tout est piété, recueillement, mystère,
Où je crains de fouler la cendre des vieux rois,
Où pour parler au cœur les pierres ont des voix ;
Alors que, m'instruisant par un vivant symbole,
Le pinceau de Flandrin supplée à la parole,
Et, se plaisant au choix de types radieux,
Honore un beau talent par le but glorieux.
C'est ici que surtout la prière a des ailes,
C'est ici que l'on vient aux heures solennelles
Peser à leur valeur les néants d'ici-bas.
Visiteur sérieux, quand on traîne ses pas
Sur la dalle sonore, et que, la tête lasse,
On se dit que, pareil à ce torrent qui passe,
Nous dérobant bientôt son cours précipité,
Des générations le flot roule emporté.
Rois, pontifes, guerriers, ont suivi cette route,

L'inexorable mort a mis tout en déroute.
Ainsi qu'ils ont passé, bientôt nous passerons,
Et, là-haut ou là-bas, nous nous retrouverons.
Petits hommes, allez, faites-vous des chimères,
Conquérez à tout prix des grandeurs éphémères ;
Soyez riches, puissants ; amoncelez de l'or,
Des titres, des honneurs ; puis, quelques jours encor,
Dans la fosse béante il faudra qu'on trébuche,
Sous vos pas s'ouvrira l'inévitable embûche.
Malheur, si l'on vécut sans nul souci de Dieu :
Alors, l'éternité, l'éternité du feu !

Mais c'est le soir surtout que, chrétien, on s'oublie
Dans ces graves pensers d'une âme recueillie,
Loin de la foule et seul, n'entendant que le bruit
Du timbre réveillé par l'heure qui s'enfuit.
Le silence envahit partout le sanctuaire
Que la lampe des morts, lueur douteuse, éclaire,
Ou qu'un cierge lointain, sur le mur reflété,
Sillonne vaguement de sa rare clarté.
Dans mille visions alors l'esprit se plonge,
Comme un homme éperdu, dans les terreurs du songe,
On évoque les morts, on voit soudainement
Se dresser devant soi l'ange du jugement ;
Et déjà l'on veut fuir, quand, là-bas, chassant l'ombre,

La lumière à grands flots brille dans le pénombre,
Et, dans la profondeur du monument sacré,
L'autel s'allume au loin, éclatant et paré.
C'est dimanche, le jour de l'humble confrérie,
Où l'essaim virginal des filles de Marie
S'empresse pour fêter, avec ses chœurs joyeux,
La sainte majesté, reine auguste des cieux.
Et la foule remplit le temple solitaire,
L'émotion succède à la pensée austère,
Si la procession, qui s'avance à pas lents,
Surtout mêle aux flambeaux les longs vêtements blancs ;
Si l'on voit, au-dessus des têtes et des voiles,
Flotter l'étendard saint tout parsemé d'étoiles ;
Si l'orgue solennel, prolongeant ses accords,
Semble des cœurs émus soupirer les transports ;
Alors que dans les airs la cloche vous invite,
Vous tous qui l'entendez, à la douce visite.
Oh ! ne dites pas : Non ! attristés ou contents,
Que votre âme se pose au moins quelques instants ;
Car dans le monde, hélas ! rapide en son passage,
Le bonheur même est-il jamais sans un nuage ?

Jeune homme infortuné, chancelant dans la foi,
Qui, pâle et convulsif, entends gronder en toi,
Ou murmurer du moins la voix morne du doute,

A l'heure du péril, faible jeune homme, écoute :
Laisse la solitude où rampe l'ennemi,
Le subtil tentateur qui triomphe à demi.
Sous le poids des ennuis si ta tête succombe,
Viens aux pieds du Sauveur, sûr d'un secours nouveau,
De tes anxiétés déposer le fardeau.
Peut-être c'est l'orgueil qui tout bas te conseille :
A ses fatals accents crains de prêter l'oreille !
Ou la tentation prend des airs caressants,
Pour séduire ton cœur, pour amollir tes sens,
Afin de t'entraîner, imprudente victime,
Par un chemin de fleurs te conduit à l'abîme,
Et sur tes yeux, qu'abuse un sinistre flambeau,
Savamment de l'erreur épaissit le bandeau.
Jeune homme, fais effort, avant que la sirène,
Peut-être pour jamais, t'ait lié de sa chaîne ;
Viens dans ces murs sacrés retremper ta vertu,
Apprendre des héros comme ils ont combattu ;
Et, chrétien hésitant, redevenu toi-même,
N'entendant plus le cri du doute et du blasphème,
Tu prendras en pitié ta propre infirmité
Qui prétend du Très-Haut scruter la majesté.
Pendant qu'au loin l'autel blanchit dans la lumière,
Recueilli dans la nef, toi, penché sur la pierre,
Fais silence au dedans pour entendre les voix

De la terre et du ciel murmurant à la fois :
Élans du chaste amour, parfums d'âmes fidèles,
Que les blonds séraphins emportent sur leurs ailes ;
Et sur ton front alors, dans l'air pur du saint lieu,
Tu sentiras passer comme un souffle de Dieu.

Et toi, mon pauvre enfant, dont je plains la misère
Toi, pieux orphelin, qui pleures sur ta mère,
Et qui peut-être, hélas ! dévorant tes douleurs,
N'as pas même une main pour essuyer tes pleurs ;
Pareil au naufragé presque englouti par l'onde,
Toi qui perds tout espoir et te crois seul au monde ;
Une autre mère est là qui veut te consoler :
N'entends-tu pas sa voix si tendre t'appeler ?
A tous les affligés Marie, ouvrant ses bras,
Est la mère surtout de ceux qui n'en ont pas.
O vous tous qui souffrez, dans ce rude voyage,
Et dont la longue épreuve étonne le courage,
Vers le secours certain qui vous rit dans les cieux
Pourquoi, dans le péril, ne pas tourner les yeux,
Ne pas chercher d'abord un refuge auprès d'elle,
Ainsi que les oiseaux sous l'aile maternelle ?
Frères, n'en doutez pas, assez large est son cœur
Pour tous les malheureux, n'importe la douleur,

Et le divin Jésus a mis dans ses mains sûres
Le baume qui guérit d'incurables blessures.

Où vas-tu, jeune fille, humble et naïve encor ?
Pareille à la colombe ayant pris son essor,
Peut-être avant le temps, et qui craint le chasseur,
Loin de tes chers appuis, de ta mère et ta sœur,
Parmi tant de dangers, qu'ignore l'innocence,
Qui guidera tes pas et prendra ta défense ?
Quand le vice perfide a compté sur la faim
Peut-être, et, pleine d'or, étend vers toi la main ;
Quand le plaisir folâtre, en te prenant au piége,
Murmure à ton oreille un propos sacrilége ;
Quand partout la folie agite ses grelots,
Qui donc, o jeune fille, entendra tes sanglots ?
Oh ! qui te sauvera, touché de ta détresse,
Douce et craintive enfant, de ta propre faiblesse ?
C'est Marie, elle encor ! Suis ton ange gardien,
Qui t'entraîne, invisible, au vieux temple chrétien.
Épanche tout ton cœur dans une humble prière,
Et sur toi descendra, t'inondant de lumière,
Et l'esprit de sagesse, et l'esprit de conseil ;
Comme le triste oiseau qu'éblouit le soleil,
Le méchant va s'enfuir, en voyant ton escorte,
Quand tu reparaîtras si sereine et si forte.

Tu doutes de toi-même, artiste au noble cœur,
Alors que, dans la lutte, un moins digne est vainqueur.
Comme un soldat blessé qui sent trembler son glaive,
Et chancelle, incertain, tu te dis que la sève
Du génie en ton sein n'a jamais bouillonné,
Que pour cet art divin à tort tu te crus né ;
Et, tout prêt à briser tes pinceaux ou ta lyre,
Dans tes espoirs passés tu ne vois que délire,
Puis, dans l'avenir sombre, hélas ! pour châtiment,
Qu'humiliation, angoisse et dénûment.
Illusion ! ton cœur n'a pas perdu sa flamme,
Dans la prière, un soir, viens raviver ton âme,
Néophyte attendri, courber ici ton front,
Les sublimes pensers soudain refleuriront,
Et l'inspiration, chaleureuse et féconde,
A tes yeux éblouis va rouvrir tout un monde.

A ces fêtes du soir je ne m'étonne pas
De voir des artisans et de braves soldats,
Qui se font d'y venir une douce habitude,
Tant de ces fronts sereins l'aimable quiétude,
L'angélique concert des chants harmonieux
Et l'indicible paix qui repose en ces lieux,
Ont un charme puissant ! aimant fort et suave.
Que subit le premier, souvent tel qui le brave.

Bien des fois, on l'a vu, le pécheur endurci,
Dans le mal intrépide, entré sans crainte ici,
Les yeux hautains, raillant du regard l'assemblée,
A senti tout-à-coup, dans son âme troublée,
S'éveiller le remords, et son cœur frémissant
D'une voix ineffable entend gémir l'accent.
Son front perd son audace et, pâlissant, s'incline ;
Il voit soudain d'un œil que la grâce illumine,
Comme dans un miroir, l'amère vérité,
Et reculant devant sa propre indignité,
Bientôt sur le parvis, qu'il mouille de ses larmes,
Il tombe à deux genoux et rend à Dieu les armes.
Et, confus dans sa honte, après tant d'abandon,
Pécheur, il douterait peut-être du pardon,
Si pour le ranimer, lui donner du courage,
Ne brillait sur l'autel la chère et sainte image.

Comme dans les beaux jours s'épanchant sur les fleurs,
La fraîcheur du matin, ravivant leurs couleurs,
Relève par degrés la tige défaillante
Et de nouveau lui rend sa parure brillante ;
De cette voûte antique, ou plutôt de la croix
Dont la grande victime ensanglanta le bois,
Sur tous les cœurs souffrants, sur toute âme brisée,
Distille une invisible et céleste rosée.

Heureux qui le comprend et, sûr du médecin,
Quand un trait trop cruel lui déchire le sein,
Quand la blessure saigne, accourt et vous implore,
Mon Dieu, sans demander au monde qui l'ignore
Le dictame sacré qui, calmant nos douleurs,
De Rachel elle-même aurait séché les pleurs!
Heureux aussi celui qui, n'étant pas en proie
Au souci dévorant, vous cherche dans la joie,
De vos moindres bienfaits aime à se souvenir,
Des jours sereins et doux se plaît à vous bénir,
Et des infortunés consolant les tristesses,
Au pauvre, à l'orphelin, fait part de vos largesses !
Heureux qui double ainsi, reposant dans vos bras,
D'un espoir immortel ses bonheurs d'ici-bas !
O Vierge sainte, heureux qui, sous votre tutelle,
Innocent, coule en paix l'existence mortelle,
Mais souffre de l'exil, et dont le dernier jour
Est le plus beau de tous, grâce au divin amour.

MEMORARE.

—

Oh ! tant de fois coupable,
Je traîne, en gémissant,
Un fardeau qui m'accable,
Dont le poids va croissant.

En vous pourtant j'espère,
Pleurant à vos genoux ;
Marie, ô tendre mère !
J'espère encore en vous.

Parmi les infidèles,
Hélas ! j'ai trop marché,
Mes pieds avaient des ailes
Pour courir au péché.

J'ai mérité, sans doute,
L'éternel châtiment,
Loin de la bonne route
Fuyant obstinément.

Mais par l'angoisse amère
Je me sens déchiré ;
Le repentir sincère
Dans mon cœur est entré.

On ne vit point encore
Un seul infortuné,
Pécheur qui vous implore,
Périr abandonné.

Conseil de l'innocence,
Espoir du repentir,
A la persévérance
Vous aidez le martyr.

La tempête en vain gronde,
S'il se confie en vous,
Le marin brave l'onde
Et les flots en couroux.

Tombé sous la mitraille
Le guerrier tout sanglant
Qui baise sa médaille
Sourit en expirant.

Entendez ma prière,
O Vierge en qui j'ai foi;
Jusqu'à l'heure dernière
Mère, protégez-moi !

AU PIED DE LA CROIX.

O faiblesse, ô misère !
Je veux et ne veux pas :
Toujours la même guerre
Après de vains combats.

Ma volonté fragile
Plie ainsi qu'un roseau,
Se rompt comme l'argile
Ou fuit comme l'oiseau.

Mystérieux problème,
Sûr d'y trouver la paix,
J'incline au bien que j'aime...
C'est le mal que je fais.

Un doux penchant me porte
A courir au Seigneur :
Frappe-t-il à la porte ?
Tout de glace est mon cœur.

Hélas ! tendre et bon père,
Il me parle si bien !
Et j'ai peine à me plaire
Dans son chaste entretien.

Par sa grâce il m'invite,
Tous les jours plus pressant ;
Et je crains sa visite,
Distrait et gémissant.

Sans cesse je retombe.....
Mais toujours ballotté,
Veut-on jusqu'à la tombe
Traîner sa lâcheté ?

Non, songeons au Calvaire,
Pour vaincre cette fois,
Contemplons cette mère
Qui regarde la croix.

L'ASSOMPTION.

—

. . . .

Serait il vrai? Marie eût vu l'heure dernière
Et la mort pour jamais aurait clos sa paupière?
Non, ce n'est pas la mort, mais un riant sommeil
Et dont le ciel demain fêtera le réveil.
Hommes saints qui pleurez sur la dépouille chère,
Croyez-vous que Jésus puisse oublier sa mère?
Tous ses anges déjà s'empressent radieux,
Pour ravir au tombeau ce trésor glorieux.
Des Séraphins émus les troupes innombrables
Redoublent à l'envi leurs concerts ineffables;
Et, là-haut, attendant le corps transfiguré,
Pour la reine des cieux un trône est préparé.

BATHILD M. BOUNIOL.

PARIS. — Impr. LACOUR ET C, rue Soufflot, 16.

Paris. — Impr. Lacour et C, rue Soufflot, 16.